Herstellung und Verlag
Books on Demand GmbH, Norderstedt
ISBN 978-3-7357-9394-2

Weihnachtszeit

geheimnisvoll und aufregend

Neue Gedichte und Erzählungen
von

Wilma Frohne

Advent

Weihnachtliche Sinnbilder

Leuchten in Fenstern und Vorgärten

Erfreuen die Herzen

Strahlen in die dunkle Nacht

* * *

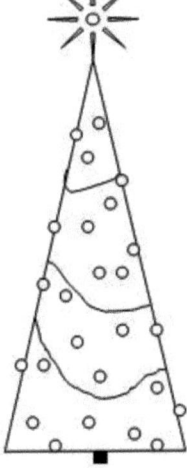

Winterfreuden

Liebe Lina,

danke für Deinen Brief. Ich freue mich, dass es Euch gut geht.
An Pauls oft zitierten Ausspruch: „Man muss die Feste feiern, wie sie fallen!", erinnerte mich meine Erkältung nach unserer Party im winterlichen Vorgarten. Jetzt ist jedoch wieder alles ok.

Dass sich ein Elsternpaar Euren Garten als Kinderstube aussuchte und ihr die „Familie" den Sommer über beobachten konntet, finde ich ganz toll. Junge Elstern habe ich noch nie gesehen.

Seit es geschneit hat, frühstücken allerdings Meisen, Spatzen und Co. mit mir. Obwohl bei uns im Vorgarten ein Futterhäuschen steht, hänge ich Meisenknödel an mein Balkongitter und streue Körner in die Blumenkästen. Zuerst glaubte ich, dass die Vögel die Futterstelle nicht annehmen würden; nun erscheinen sie, sobald es hell wird und „rufen" mich. Sie schwirren zwar weg, wenn ich die Balkontür aufmache, um ihnen Futter zu bringen, kommen aber bald zurück und lassen es sich schmecken.

Ihr Tschilpen, wenn sie sich „nur unterhalten", und ihr Gezanke, wenn sie nicht miteinander einverstanden sind, ist gut zu unterscheiden.

Verhaltensweisen sind ebenfalls zu erkennen. Eilige lauern im Ilex oder im Rhododendron und fliegen sofort nach dem Ausstreuen der Körner herbei. Streithähne suchen nicht nur Futter sondern hacken nach anderen Vögeln und Ängstliche warten bis alle weg sind.

Für den Winter schmückte ich die Balkonkästen mit Tannengrün. Die Zweige bieten den Tieren Schutz, doch wenn der Wind ihre Federn hoch bläst, habe ich Angst um sie. Ich weiß, dass diese „Federbälle" sich gut festhalten und dass das Aufplustern die Körperwärme speichert, aber trotzdem ...

Als in diesem Jahr der erste Schnee gefallen war, er kam diesmal sehr früh, bauten Jungen einen Schneemann auf der Wiese und stellten ihn zu den Tannen. Mit Kieselsteinen modellierten sie Augen, Mund und  Jacke und verpassten ihm eine lange Möhrennase. Zuletzt stülpten sie ihm eine alte Schüssel als Hut auf, tuschelten miteinander, besorgten sich Vogelfutter und streuten es in den hohlen Fuß der Schüssel. Schon bald entdeckten die Spatzen die neue Futterstelle, pickten eifrig und das Bild ähnelte einer Horrorszene.

Nachts schneite es wieder. Am folgenden Tag rollten die Bergerkinder drei weiße Kugeln und wälzten sie neben den Schneemann. Ihr Vater kam und half ihnen beim Aufeinandersetzen. Er formte noch einen Arm, drückte ihn an den mitgebrachten Reisigbesen und dann an den neuen Weißling. Ein kleiner Junge rannte mit Möhre und Tuch herbei. Herr

Berger hob den Kurzen hoch und ließ ihn die „Möhrennase" selbst einstecken. Die anderen Kinder drückten noch Kiesel für Augen und Mund ein und banden ihm das Kopftuch um. Herr Schneemann hatte nun auch eine Frau.

Bei der nun folgenden Schneeballschlacht trafen einige Bälle den „Hut" des Schneemanns. Nach dem ersten Treffer saß er schief, später rutschte er ihm über die Augen und die lange Nase verhinderte den Absturz. Doch dann verhalf ein Volltreffer der Schüssel zu einem Flug über den Zaun. Der Übeltäter lief zum Schneemann, rückte dessen Möhrennase gerade und setzte ihm seine eigene Mütze auf.

Im gepflasterten Karree des Vorgartens hatten sich nach und nach immer mehr Nachbarn getroffen. Groß und Klein redete durch- und miteinander, lachte und gestikulierte. Es fehlten zwar die Bänke wie im Sommer, doch zum Sitzen war es eh zu kalt.

Jemand holte aber einen Stehtisch raus und stellte einen Campingkocher nebst Topf auf einem Hocker nach draußen. Rotwein, Kandis und Gewürze wurden gebracht, erhitzt und der Glühwein in Bechertassen gefüllt, die auch wunderbar die Hände wärmten.

In die Tanne flocht man heute schon die Lichterkette, zündete kleine und große Kerzen an und verteilte sie.

Die vielen strahlenden Lichter hielten die Dunkelheit fern, ließen den Schneeteppich glitzern und die Kälte vergessen.

Leider handelte ich mir bei der Party, trotz Mütze, Stiefel und warmer Socken, eine Erkältung ein. Mehrere Tage lief ich mit roter Schnüffelnase herum und trank Tee, abends mit einem Schuss Rum. Selbstverständlich nur damit ich besser schlafen konnte und nicht weil es schmeckt! Jetzt geht es mir jedenfalls wieder gut.

Ich wünsche Euch eine schöne Adventszeit mit erfolgreichen Einkäufen und vor allem, dass Eure Weihnachtsüberraschungen Freude bereiten und vielleicht „geheime" Wünsche erfüllen.

Kommt mir auch gut ins neue Jahr und seid herzlich gegrüßt von

Eurer
Lisabeth

* * *

Annas Wunschzettel

Anna stellte das Liebesperlenfläschchen auf den Tisch und nahm Isabellchen hoch.

Mit der an der Schulter liegenden Babypuppe spazierte sie unter der Lichterkette, die Papa vor ein paar Tagen aufgehängt hatte, hin und her und hickste dann.

„Kleines, das war gut." Sie legte Isabellchen in die Wiege, deckte sie sorgfältig zu und gab ihr noch einen Kuss auf die Nasenspitze. Danach setzte sie sich zu dem geduldig wartenden Teddy an den Tisch, fasste seine beiden Vorderpfoten und sagte: „Du weißt ja, das ein Bäuerchen wichtig ist."

Zotti brummte leise und Anna kraulte sein linkes Ohr, dass seit der Rauferei mit dem Dackel des Nachbarn etwas schräg stand.

„So, jetzt kleben wir unseren Wunschzettel."

Anna legte eine Schere neben den Klebestift und blätterte im Spielzeugkatalog.

„Ah, da ist er."

Sie schnitt einen rosa Puppenwagen aus. Bei den Rädern erschien die Zungenspitze zwischen ihren Lippen.

„Ob der Wagen Isabellchen auch gefällt?"

Zotti brummte Zustimmung.

Bei der Seite mit den Mänteln sah sie zu der neben der Wiege stehenden Laufpuppe Livi, schob den Katalog zum Teddy, zeigte auf einen lila Mantel mit weißen Knöpfen und flüsterte: „Kuck' mal, der würde Livi bestimmt gut stehen und in den Fellstiefeln hätte sie immer warme Füße."

Zotti brummte. Anna schnitt beides aus.

„Und hier der Roller!"

Der Teddy antwortete nicht. Er hatte sich auf den Bauch gelegt und weg gedreht. Schnell schnitt sie den Roller und eine Baseballkappe aus.

Aus der Küche rief ihre Mama: „Ich backe Spekulatius. Willst du helfen, Anna?"
„Ja. Ich kleb' nur eben den Wunschzettel fertig."
Anna bestrich mit dem Klebestift die Rückseiten der ausgeschnittenen Bilder und drückte sie auf ein Blatt Papier.
Zuerst klebte sie den Regenschirm auf, den sie gestern schon ausgeschnitten 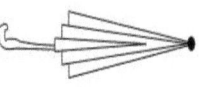 hatte, malte dahinter ein „A" und sagte: „Der ist für mich, damit ich nicht nass werde bei Regen."
Hinter den rosa Kinderwagen malte sie ein

„I" für Isabellchen, hinter den Mantel und die Fellstiefel ein „L" für Livi und zu Roller und Baseballkappe ein „Z" für Zotti.
Nachdem Anna die Schere in die Schublade gelegt und dem Klebestift den Hut aufgesetzt hatte, ergriff sie den Wunschzettel.
„Den bringe ich Papa und dann helfe ich Mama beim Ausstechen der Plätzchen. Willst du auch helfen, Zotti?"
Der Teddy nickte, brummte und Anna nahm ihn mit.

* * *

Nur noch ein paar Tage

Puppenmutter Anna hebt ihren Teddy mit dem krausen hellbraunen Fell aus seinem Bettchen und wiegt ihn.
„Bärlein, du brauchst doch nicht zu weinen. Dein Fläschchen ist doch schon fertig." Sie zieht noch den Nuckel über das Liebesperlenfläschchen, setzt sich in den Sessel und lässt ihn trinken. Nach der Mahlzeit lehnt sie ihn zum Bäuerchen machen an die Schulter und schlendert mit ihm im Zimmer umher. Dabei klopft sie zärtlich seinen Rücken und summt das Weihnachtslied, das sie morgens im Kindergarten gesungen hatten.
Nach dem Bäuerchen setzt Anna den kleinen Kerl auf das Herzkissen in der Fensterbank.

"Kuck' mal, Zotti, der Himmel überm Wald ist ganz rot. Christkindchen backt."
Aus ihrer Hosentasche zieht sie ein gestricktes Stirnband und streift es dem Teddy über.
„So bleibt deine Stirn schön warm." Sie schiebt es noch etwas tiefer über sein rechtes Ohr: „Und du bekommst keine Ohrenschmerzen." Anna lehnt sich zurück, lächelt und fügt hinzu: „Es steht dir sehr gut." Zotti neigt sich mit ihrer Hilfe vor und zurück und brummelt. Anna strahlt ihn an und sagt: „Ich freu' mich, dass es dir gefällt", und fragt, „kannst du etwas allein sitzen bleiben?" Zotti nickt. Die besorgte Mama stellt ein Märchenbuch hinter seinen Rücken. „Bleib'

bitte still sitzen, damit du nicht runter fällst, während ich einen Stuhl hole."

Sie kommt ohne Stuhl, jedoch mit einem kleinen Tannenzweig zurück und steckt ihn ihrem Liebling hinters Ohr. „Mit Marienblümchen und Butterblumen kann ich dich jetzt nicht schmücken, aber mit den grünen Spitzen bist du sehr hübsch." Sie nimmt den Teddy auf den Arm, küsst seine schwarze Nase, wirft ihn hoch, fängt ihn auf und tanzt mit ihm durch das Zimmer. Dabei sammelt Anna Sofakissen, türmt sie vor der Balkontür auf die Erde, hockt sich im Schneidersitz darauf und nimmt ihren Kleinen auf den Schoß.

„Kuck mal, der Himmel ist nur noch rosa. Jetzt ist Christkindchen bald fertig mit backen."

Aufmerksam sieht Zotti mit seinen dunklen Augen zum Wald hinüber. Die Puppenmama erzählt ihrem Liebling, dass am Adventskranz schon alle Kerzen brennen und es nur noch ein paar Tage bis Weihnachten sind. Auch von Weihnachtstellern mit Äpfeln, Nüssen, Marzipan und Spekulatius erzählt sie. Von dem Wunschzettel für ihn, auf den sie einen Anorak mit Kapuze, Handschuhe und auch warme Socken malte, da er seine verloren hat, verrät sie aber nichts.

Beim Zuhören ist Zotti eingeschlafen. Vorsichtig steht die Puppenmutter auf und legt das Bärlein behutsam in sein Bettchen.

* * *

Elenas Reise zur Rentierwiese

In dem schmalen Fachwerkhaus am Ende der Dorfstraße saß Elena am Tisch und malte mit Buntstiften die Bilder im Malbuch aus. Ab und zu hielt sie mit der eifrigen Strichelei inne, kaute am Stift und sah ihrem Großvater beim Besohlen ihrer Stiefel zu.

Die Dämmerung kroch in die kleine Stube. Als sich der Himmel rosa färbte, sagte Elena: „Kuck' mal, Opa, Christkindchen backt."

Der Großvater hielt mit Hämmern inne und schaute über seine zur Nasenspitze gerutschte Brille in den Abendhimmel. Elena balancierte über die schwarzen Striche im Teppich zum Fenster und kletterte auf das Brett zwischen Spüle und Fensterbank.

„Im Kindergarten erzählte Frau Born heute vom Nikolaus und dass er bald sein Rentier Rudi von der Rentierwiese abholt." Elena beobachtete die von den Bäumen herab trudelnden Blätter, wie sie in die Ecke zum Gartenzaun schwebten und der Laubberg dort immer größer wurde. Eine Windboe wirbelte plötzlich das Laub in die Höhe. Langsam schaukelten die Blätter wieder zur Erde und formten einen Schlitten, auf dessen Kutschbock eine gestreifte Katze saß. Die Katze winkte herüber, lenkte den Schlitten vor die Haustür und maunzte: „Komm, steig ein."

Elena blieb jedoch sitzen.

Die schwarzweiße Katze, die auf der Rückbank gesessen hatte, sprang aus dem Schlitten. Sie stellte sich auf die Hinterpfoten und verbeugte sich vor Elena.

„Opa, die Katze neben dem Schlitten sieht aus wie unser Krümel. - Opa, sie miaut, ich soll einsteigen."

Der Großvater sah hoch und lächelte. Er kannte die Fantasie des Kindes. Die Kleine schaute aus dem Fenster, sah die Schwarzweiße winken und hörte sie rufen: „Komm, steig ein, wir wollen dich zur Rentierwiese fahren."

Elena traute sich jedoch nicht hinaus, betrachtete nur mit großen Augen den Schlitten. Die Tigerkatze, die die Zügel hielt, ahnte, warum Elena zögerte und rief: „Du brauchst wirklich keine Angst zu haben, trau dich."

Elena blickte noch mal zum Großvater hinüber, sah ihn Lächeln und ging zum Schlitten. Die Schwarzweiße half ihr einsteigen, deckte sie mit einer Pelzdecke sorgfältig zu und setzte ihr auch noch eine Fellmütze auf. Danach sauste die kleine Reisegesellschaft mit Peitschenknallen und Schellengebimmel davon.

Langsam wurde es dunkler und immer mehr Sterne funkelten. Der Mond hörte das Läuten der Glöckchen, schob eine Wolke beiseite und sah den Schlitten mit Elena über die Milchstraße Richtung Polarstern sausen. Genau neben dem Polarstern  hielt die Tigerkatze und eine dunkle Stimme fragte: „Hallooo, kleines Fräulein!"

Elena kroch unter die Pelzdecke.

„Hallooo", sagte die Stimme wieder. Das kleine Mädchen lugte über den Deckenrand und erspähte eine hohe Pelzmütze über einem dicken weißen Bart. Ganz langsam setzte es sich gerade hin, holte tief Luft und fragte leise: „Bist du der Nikolaus?"

„Ja, der bin ich", antwortete Nikolaus, „und du bist die Elena aus Kirchhausen."

Elena nickte und der Nikolaus sagte: „Ich bin auf dem Wege zum Christkind. Vorher besuche ich aber die Rentiere. Willst du mit zur Rentierwiese?"

„Ja", hauchte Elena, denn laut sprechen konnte sie nicht, weil in ihrem Hals ein dicker Aufregungskloß saß.

Nikolaus schlug die Pelzdecke zur Seite, nahm das Mädchen auf den Arm und stapfte mit ihm durch den hohen Schnee.

Die Rentiere hörten und sahen natürlich die beiden kommen, liefen zu ihnen und umringten sie. Nikolaus streichelte hier über ein weiches Tiermaul, kraulte da ein Ohr und ging langsam weiter dabei. Vor einem gefleckten Tier mit leuchtend roter Nase blieb er stehen und klopfte ihm den Hals.

„Guten Tag Rudi. Ich hoffe, du bist gut bei Kräften, denn bald darfst du wieder meinen schweren Schlitten mit den Geschenken zur Erde ziehen." Rudi wieherte leise. Nikolaus strich ihm über die dunkle Mähne. Das Rentier wendete den Kopf und betrachtete Elena mit seinen samtigen glänzenden Augen.

„Das ist Elena", stellte Nikolaus vor.

„Hallo Elena", grüßte Rudi.

„Du kannst ja sprechen!", staunte sie. Das Ren schnoberte, während es den Kopf mit dem mächtigen Geweih bestätigend hob und senkte.
„Rudi, im Kindergarten erzählte heute Frau Born von der Rentierwiese. Da Elena dein Zuhause gern sehen wollte, haben die Katzen sie mit dem Blätterschlitten her gebracht."
„Gefällt es dir bei uns?" fragte Rudi.
Elena hob und senkte, so bedächtigt wie vorher das Ren, den Kopf.
„Rudi, da du doch den Weg zur Erde kennst, wollte ich dich bitten, Elena nach Kirchhausen zurück zu bringen."
„Das mache ich doch gern", antwortete er und ließ seine rote Nase aufleuchten.
„Das ist lieb von dir, mein Starker."

Nikolaus setzte Elena auf den Rücken des Tieres, zog ihr fürsorglich die Mütze tief in die Stirn und über beide Ohren.
„Halt dich gut fest in der Mähne."
Elena atmete tief und nickte. Nikolaus sah ihre Aufregung. Er zog die Kapuze ihres Anoraks noch über die Mütze, band sie zu und sagte: „Du brauchst keine Angst zu haben."
Er strich dem Rentier noch mal über das weiche Maul, gab ihm einen liebevollen Abschiedsklaps und schon galoppierte Rudi mit dem kleinen Mädchen durch die Sternennacht nach Kirchhausen.

* * *

Weihnachtsmarkt

lockt mit Girlanden und Glühweinduft

weckt Wünsche

verführt Besucher

Besinnung!?

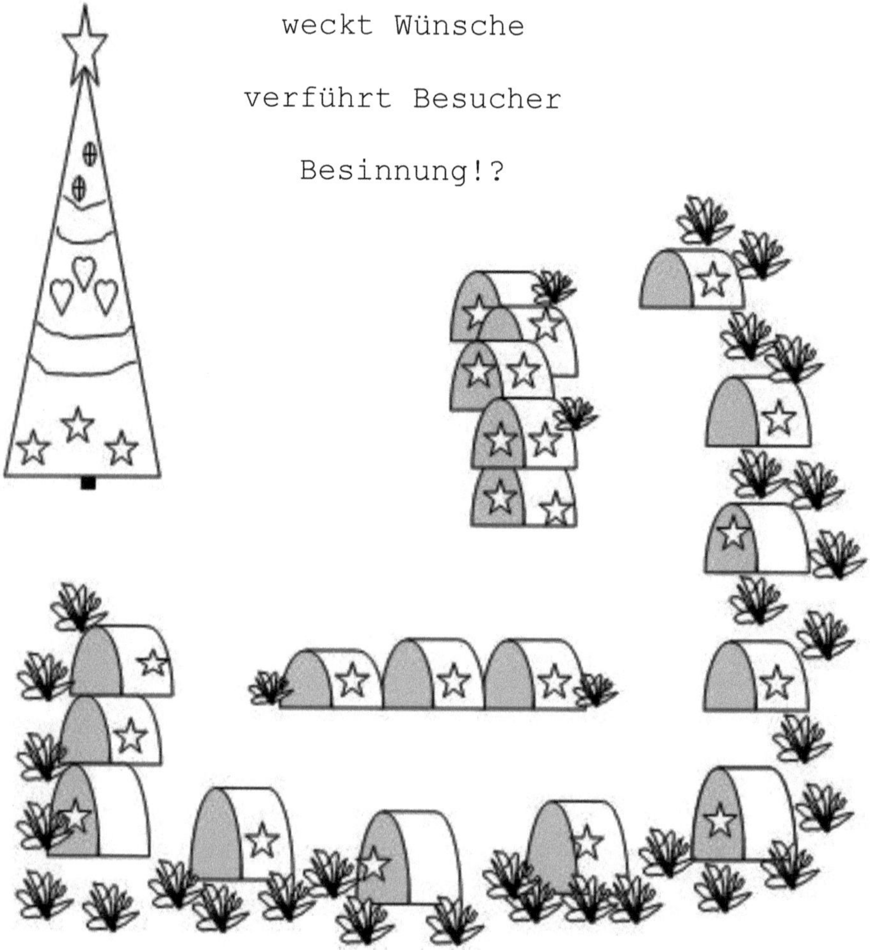

Arbeitsreiche Tage

Nele saß auf der Couch und kratzte Kuchenteig aus der Rührschüssel. Oma hatte wie üblich für sie etwas Teig zurück gelassen. Doch mit dem wehen Hals fiel Nele das Schlucken heute schwer und so gab sie bald die Schleckerei auf. Sie nahm wieder ihren Lieblingsteddy in den Arm, rutschte tiefer in die Kissen und sah hinüber zu dem großen Tannenbaum auf dem Markt mit dem leuchtenden Stern auf der Spitze.

Plötzlich öffnete sich in dem Stern eine Tür. Nele konnte jetzt in die Weihnachtswerkstatt schauen und den fleißigen Wichteln beim Bauen von Spielzeug zusehen. Ab und zu reckten die Männlein sich, tranken einen Schluck Saft aus Sternengläsern und putzten mit ihren rotkarierten Taschentüchern von Stirn und Nacken den Schweiß. Sie sah auch Engel an einem langen Tisch Dinge in buntes glänzendes Papier packen und eine Adresse an jedes Päckchen hängen.
Erzengel Gabriel spazierte durch die Halle, freute sich über das geschäftige Treiben und ging hinaus unters Vordach.

Auch hier arbeiteten alle eifrig. Einige Wichtel polierten den Schlitten, andere die Positionslampen und wieder andere trugen Felldecke und Handschuhe herbei. Ein Zwerg mit langem weißem Bart brachte Rudi.

Als die Wichtel die Pakete zum Verladen neben dem Schlitten stapelten, stöhnte der Weihnachtsmann und brummte: „Wie soll ich das nur schaffen in der kurzen Zeit."
Der Erzengel lächelte.
„Du hast es immer geschafft und wirst auch dieses Jahr zur rechten Zeit fertig sein."

Ein Zwergenjunge kletterte auf den Schlitten, schwenkte ein Paket hoch über seinen Kopf, verstaute es und blieb daneben hocken.
„Kleiner, hast du Angst runter zu springen?"
Tränen kullerten plötzlich über dessen Wangen.
„Was ist? Hast du dir weh getan?"
„Mein Fuß ist eingeklemmt."
Erzengel Gabriel drückte das Paket zur Seite, hob den Kleinen vom Schlitten und wollte ihn auf die Erde stellen. Doch der Wichtel krallte sich fest.
„Mein Stiefel ist noch unter dem Paket."
„Oh", machte Gabriel und sagte: „Ich trag dich jetzt ins Haus und du ziehst Pantoffeln an."
„Und wenn der Weihnachtsmann ihn verliert?"
„Das passiert nicht. Jetzt ist er eingeklemmt und sobald der Weihnachtsmann das große Paket vom Schlitten nimmt, steckt er deinen Stiefel in eine seiner riesigen Manteltaschen und bringt ihn dir, sobald er zurück ist."

Der kleine Kerl wischte mit dem Jackenärmel unter seiner Nase her, gähnte und legte den Kopf auf die Schulter des Erzengels. Gabriel trug ihn in den Ruheraum, bettete ihn auf ein Sofa und deckte ihn mit einer molligen Decke zu. Nur die rote Zipfelmütze verriet, dass jemand darunter lag und das leise: „Danke", hatte auch nur der Erzengel hören können.

Als Gabriel wieder nach draußen kam, spannten die Wichtel schon Rudi vor den Schlitten und der Weihnachtsmann schob seine Hände in die warmen Pelzhandschuhe.

„Ist alles ok?"

„Ja", antwortete Gabriel, „der Kleine schläft jetzt."

Der Weihnachtsmann schmunzelte, kletterte auf den Schlitten, ergriff die Zügel und schnalzte mit der Zunge. Rudi nickte, ließ seine rote Nase leuchten und galoppierte in die dunkle Nacht.

Eine Tür knallte und weckte Nele.

„Oma!?"

„Ja, Kleines, ich bin hier."

Sie setzte sich zu ihrer Enkelin auf die Couch.

„Liebes, hast du schön geträumt?"

„Jaha!" Nele atmete tief. „Ich hab' die Weihnachtswichtel gesehen und... und... und..."

Oma strich Nele eine verschwitzte Haarlocke aus der Stirn und hörte zu.

* * *

Oh du fröhliche Weihnachtszeit

Frau Gerber dachte an die vielen Dinge, die noch vor dem Fest zu erledigen waren. Sie hätte heute gern Plätzchen gebacken, aber ihr Mann hatte einen Besuch auf dem Weihnachtsmarkt vorgeschlagen und die Kurzen stimmten ihm begeistert zu. Also stapften sie alle warm eingemuckelt los. Die in den Fenstern leuchtenden Sterne, Elchgespanne und glitzernden Tannenbäume versöhnten Helma Gerber jedoch allmählich.

Auf dem Weihnachtsmarkt herrschte Gedränge, besonders in den schmalen Gängen zwischen den Buden. Auch Gerbers, Jana auf Papas Arm und Timmy an Mamas Hand, schoben sich an den geschmückten Verkaufsständen vorbei. Nur ein flüchtiger Blick auf die angebotenen Waren war möglich, da „Stehenbleiber" als Störenfriede empfunden wurden. Von geruhsamer Festlichkeit, Geduld und Liebe, keine Spur.
Am Karussel gebrauchten Eltern oder Großeltern sogar die Ellbogen, um ihren Lieblingen den Platz im gewünschten Gefährt zu verschaffen.

Für Jana und Timmy war das Karussell auch sehr wichtig. Timmy schwebte zuerst im Hubschrauber und Jana zwischen den Flügeln von Donald Duck. Danach fuhr er Trecker und sie in Cinderellas Kutsche. Die beiden wären gern öfter gefahren und länger geblieben, aber diesmal ließ sich auch der Vater nicht erweichen, kaufte jedoch als Trost eine Tüte gebrannte Mandeln.

Plötzlich schrie Jana mit weit aufgerissenem Mund und blieb stehen. Eine Mandel fiel aufs Pflaster.

„Hast du Zahnschmerzen", fragte Mama, bekam aber keine Antwort. Timmy stieß mit dem Fuß die braune Kugel fort.

„Sie hat vorhin zwei Mandeln genommen und sich bestimmt beim Kauen gebissen."

Papa nahm seine Kleine auf die Schultern. Sie legte die kranke Wange auf den Kopf ihres Vaters und verstummte. Timmy schob seine Hand in Mamas. Sie hielt ihm die Tüte mit der Leckerei hin und lächelte ihn an.

Auf dem Heimweg dachte Helma Gerber an die kommenden arbeitsreichen Tage, sah sich prall gefüllte Taschen schleppen, kochen, putzen, Unvorhergesehenes erledigen und die Kindergarten und Sportverein für ihre Basare versprochenen Plätzchen backen.

Und dann die Weihnachtsbäckerei. Jana und Timmy freuten sich schon auf das Ausstechen der Plätzchen und das Naschen. Beim Ausrollen des Teiges würden sie wie immer Tisch und Stühle bemehlen und die auf den Boden gefallenen Teigkrümel platt treten. Ein Lächeln stahl sich in die Mundwinkel, denn sie wusste, dass die Begeisterung ihrer werkelnden Kinder sie auch diesmal versöhnen würde.

Helma Gerber bereitete das Festessen,

dachte an die Hektik der vergangenen Tage und genoss die Ruhe in ihrer Küche. Ab und zu hörte sie eilige Schritte, flüstern und Papier rascheln, was verriet, dass sie nicht allein war. Als sie den Tisch deckte, wurde langsam die Tür aufgeschoben und im Türrahmen standen, mit strahlenden Augen und zum Feiern angezogen, ihre Lieben.

„Ihr seid ja schon fertig", staunte sie und fasste nach ihren Haaren.

„Mama, wir wollten dich abholen."

„Mama, mach' die Augen zu." Die Kinder führten ihre Mutter ins Bad, wanden die Lockenwickler aus den Haaren und geleiteten sie ins Schlafzimmer. Dort lag ihr Weihnachtskleid bereit und standen auch die schwarzen Pumps. Tränen stiegen ihr in Augen. Sie zupfte ein Tempotuch aus der Tasche, putzte die Nase und Timmy fragte: „Hast du einen Schnupfen?"

Sie schüttelte den Kopf, drückte ihre Lieblinge, stieg aus dem Overall, schlüpfte ins Kleid und Timmy zog den langen Reißverschluss zu.

Das Weihnachtsglöckchens klingelte und rief zur Bescherung. Die am Tannenbaum flackernden Lichter ließen die Kugeln strahlen und die Päckchen in buntem Papier verheißungsvoll glitzern.

Jana sang „Ihr Kinderlein kommet". Die anderen stimmten ein und der Vater geleitete jeden zu seinem Platz. Bei der letzten Strophe kniete Timmy sich auf den Fußboden und verkündete: „Jetzt packe ich ein Geschenk aus." Auch Jana ergriff eines ihrer Päckchen, löste das goldene Schleifenband und sagte: „Danach singen wir wieder ein Lied." Nach „O Tannenbaum" öffnete jeder das nächste Päckchen. Es wiederholte sich noch nach „Jingle Bell" und „Schneeflöckchen, Weißröckchen". Alle Lieder hatten heute allerdings nur eine Strophe! „Leise rieselt der Schnee" sangen die Kinder jedoch nicht mehr mit. Sie spielten.

* * *

Warten auf Weihnachten

Auf dem Weihnachtsmarkt hatten Jana und Timmy sich Adventskalender aussuchen dürfen. Jana gefiel das Rentiergespann mit Nikolaus vorm Dornröschenschloss sofort, Timmy dagegen schwankte erst zwischen Eisenbahn und Auto und wählte dann den über der Stadt kreisenden Hubschrauber. Stolz trugen beide

ihren Schatz nach Hause und saßen, während ihre Mutter das Abendessen zubereitete, in der Küche auf der Eckbank und suchten die „1" auf jedem Kalender. „Hier!", stieß Jana aus und wollte das Türchen hochziehen. „Aber Kleines, der Kalender beginnt am Mittwoch, dem 1. Dezember, nicht heute, am 1. Advent."
Timmy hob am Abreißkalender die Blätter von Sonntag, Montag und Dienstag an.
„Noch drei Mal schlafen."
Jana zeichnete mit dem Finger die Umrisse des Türchens nach.
„Papa, kann ich ihn mit ins Bett nehmen?"
„Sie will nur heimlich das Türchen öffnen!", rief Timmy.
Jana streckte ihrem Bruder die Zunge heraus.
Mama wendete die Bratkartoffeln und sagte: „Deckt bitte den Tisch."

Langsam standen die Kinder auf, gingen hintereinander ins Wohnzimmer und stellten ihre Kalender rechts und links neben den Adventskranz auf den Tisch. Ihr Vater rutschte auf der Couch etwas zur Seite, um im Fernsehen weiter die Sportschau gucken zu können. Das Dornröschenschloss und der Hubschrauber versperrten ihm aber trotzdem noch die Sicht. Also erhob er sich und schob die beiden Teile zwischen die Alpenveilchen auf der Fensterbank.

Ab ersten Dezember öffneten Jana und Timmy vor dem Frühstück ihr Kalendertürchen. Timmy half seiner Schwester jedes Mal die richtige Zahl zu finden, zählte: „Eins, zwei, drei!", und gleichzeitig zogen sie ihr Türchen hoch. Danach wurden die Schokoteilchen betrachtet, verglichen, manchmal getauscht und die bunten Fensterchen im Kalender begutachtet.

Wie jeden Abend hatte Papa seinen Kindern eine Gute-Nacht-Geschichte vorgelesen und Timmy noch eine Kassette gehört. Bevor der Krimi begann, sah Mama noch mal nach ihnen, zog dem schlafenden Jungen vorsichtig die Stöpsel aus den Ohren und schloss die Zimmertüren.
Nachts wurde Helma Gerber durch Licht im Erdgeschoss geweckt. Sie fasste nach rechts.

Ihr Mann lag da. Sie stieß ihn an. Unwilliges Knurren.
„Gerd", flüsterte sie und rüttelte ihn. „Unten brennt Licht."
„Waaas?"
„Guck doch, unten brennt Licht."
Er atmete tief, stand leise auf und schlich die Treppe hinunter. Helma folgte ihm auf Zehenspitzen. Das Wohnzimmer war hell erleuchtet, aber alles stand bzw. lag wie immer. Doch dann entdeckten sie Jana, ihren Adventskalender im Arm, schlafend auf der Couch.
Mama zog vorsichtig den Kalender unter Janas Arm weg.
„Sie ist ganz kalt."
Jana blinzelte und rieb sich die Augen. Papa wickelte sein kleines Mädchen in eine mollige Decke und nahm es auf den Schoß, während Mama in die Küche ging und eine Tasse Milch wärmte.
„Was wolltest du denn hier unten."
„Das Türchen mit den beiden Einsen suchen."
„Der elfte Dezember ist doch erst morgen."
„Im Kindergarten haben wir das Türchen aber heute auch schon aufgemacht."
„Ja, weil morgen am Samstag im Kindergarten keiner ist."
Papa trug seine Tochter ins Bett und gab ihr einen dicken Gute-Nacht-Kuss.
Am anderen Tag hatte Jana eine Schnupfnase und musste ein paar Tage zuhause bleiben. Nach dem dritten Advent durfte sie allerdings wieder in den Kindergarten und konnte beim Krippenspiel mit proben.

Die Weihnachtsfeier war ein voller Erfolg. Obwohl der Erzengel gegen Ende der Aufführung kräftig nieste und das Schaf ein Ohr verlor, sangen aber alle Akteure beim Finale glücklich das Abschlusslied.
Und während die Zuschauer begeistert Beifall klatschten, zogen zwei kleine Engel den nachtblauen Vorhang mit der großen goldenen „24" zu.

* * *

Oh Tannenbaum

Helma knöpfte den Mantel zu, prüfte, ob sie ein Taschentuch hatte und steckte das Kleingeld für den Klingelbeutel ein.

„Mama, vor Tante Emmas und auch vor Onkel Hermanns Kellertür steht ein Weihnachtsbaum, bei uns steht noch keiner. Und heute ist schon der vierte Advent."

„Wenn wir kamen, waren die Bäume jedes Mal ausverkauft."

Auf dem Weg zur Kirche musste Helma über den Marktplatz und sah die an Mauer und Zaun gelehnten Blautannen, Fichten und Kiefern.

„Komisch. Zuhause hatte es geheißen: ‚Wenn wir kamen, waren die Bäume immer alle weg.' Jetzt sind viele da, doch keine Käufer."

Sie ging langsamer weiter und traf ihre Freundin.

„Ob ich eben Bescheid sage, dass neue Tannenbäume geliefert wurden?"

„Dann kommst du zu spät."

„Ich könnte ja einfach schwänzen!?"

„Als Konfirmandin? – Noch dazu am Goldenen Sonntag?"

Das Stillsitzen im Gottesdienst fiel Helma heute besonders schwer.

„Hoffentlich haben sie gleich noch Tannenbäume", flüsterte sie ihrer Freundin zu.

„Die sind doch froh, wenn alle weg sind."

Ein Räuspern der Gemeindeschwester am Anfang der Bankreihe ließ die Mädchen verstummen.

Helma vergrub ihre Hände mit gedrückten Daumen und gestreckten kleinen Fingern in den Manteltaschen. Die Predigt schien kein Ende zu nehmen.

Sonst standen die Mädchen vorm Portal noch schwätzend und kichernd zusammen, bevor sie sich trennten, doch heute rannte Helma sofort zu den Nadelbäumen hinüber und begutachtete sie. So richtig gefiel ihr keiner. Sie war einen großen, dichten Baum gewöhnt, hier standen jedoch nur noch kleine, krumme und spillerige. Langsam ging sie zum Ausgang und murmelte: „Es sind ja noch ein paar Tage bis zum Heiligen Abend. Vielleicht werden morgen bessere ausgestellt" und hörte den Händler zu einer unentschlossenen Kundin sagen: „Wir sind nur noch heute hier."

Helma kehrte um und schlenderte wieder an den Christbäumen entlang. Als der Verkäufer neben ihr einen Baum aufstampfte, zuckte sie zusammen. Er lächelte sie an, drückte die Zweige herunter und drehte die Tanne langsam hin und her.
„Vier Mark."
In der Mitte war der Baum sehr licht, seine Spitze gebrochen und unten auch ein Zweig geknickt.
„Mit Kugeln, Lametta und Leckereien geschmückt wird er hübsch aussehen", pries der Verkäufer seine Ware an. Die Angst,

Weihnachten ohne Baum feiern zu müssen, ließ Helma kaufen. Der Händler kassierte und legte ein Stück Zeitung zum Anfassen an den Stamm.

Mal trug Helma die Tanne rechts, mal links, aber stets mit weit ausgestrecktem Arm, da der Sonntagsmantel nicht schmutzig werden durfte. Das Papier zerriss bald, die Hände verklebten dadurch harzig, wurden immer kälter und der Baum mit jedem Schritt schwerer.

Zuhause öffnete ihr Vater die Tür, stutze und rief: „Helene!"
Helmas Mutter schaute übers Treppengeländer zu ihnen herunter, nahm die Lesebrille ab und fragte: „Was ist das denn?"
„Ein Tannenbaum", strahlte Helma. Ihr Vater nahm den Baum, sang: „Oh Tannenbaum...", und stieg damit die Kellertreppe hinunter. Helma folgte ihm. Bedächtig drehte er den Schlüssel, stieß die Tür zum Raum weit auf und schaltete das Licht an. Sofort kullerten Tränen über Helmas Wangen, denn in der Ecke neben dem alten Schrank lehnte eine große, schlank und gerade gewachsene Tanne.

Tante Meta, deren Augen und Ohren im Haus nichts verborgen blieb, öffnete die Korridortür.
„Warum weint das Kind?"
„Sie glaubte", antwortete Helmas Mutter, „wir hätten noch keinen Baum und kaufte auf dem Rückweg von der Kirche einen. Jetzt haben wir zwei."

Tante Meta stieg langsam die Kellertreppe hinunter und begutachtete den Baum.

„Wir haben noch keinen. Der hätte genau die richtige Größe für uns. Was hast du dafür bezahlt?"

„Vier Mark."

„Vier Mark für das Gerippe!" Doch dann folgte: „Na ja geschmückt sieht er bestimmt ganz gut aus. Ich kaufe ihn dir ab."

Helma atmete tief und trocknete die Tränen, denn das Loch in ihrer Taschengeldkasse würde wieder ausgefüllt werden.

Oben umarmte sie wegen der misslungenen Weihnachtsüberraschung mit schlechtem Gewissen ihre Mama, doch die tröstete ihre Tochter.

* * *

Süßer Schnee

Nele setzte sich zu ihrem Teddy ans Bettchen und fragte: „Wuschel, schläfst du noch?", stupste vorsichtig das rote Herz auf seinem Bauch an und leise brummend antwortete er. Sie nahm ihn auf den Arm und spazierte mit ihm im Zimmer hin und her.

Dicke Regentropfen klatschten jetzt auf die Terrasse. Lena blieb am Fenster stehen und zeigte ihrem Liebling die kleinen runden Teiche und Springbrunnen, die die prasselnden Tropfen aufs Pflaster zauberten.

„Die Wiese ist grün und kalt ist es nur etwas, dabei war heute Morgen doch ein Schneemann hinter dem Türchen des Adventskalenders."
Wieder brummte Wuschel leise und seine braune Pfote streichelte Neles Wange. Nele atmete tief, machte: „Mmmhhmm!" und hüpfte mit ihrem Liebling in die Küche.
„Mama?" Mama stand am Tisch und rührte einen Kuchen an.
„Was möchtest du mein Schatz?"
„Wir haben doch für ein Knusperhäuschen aus Lebekuchen Wände und ein Dach gebacken. Könnten wir es nicht jetzt kleben?"
„Warum gerade jetzt?"
„Ich möchte so gern Schnee haben."
„Du willst also Zuckerguss streichen?"
Nele nickte und rutschte auf die Eckbank.

„Kann ich ein paar Rosinen haben?"
Mama nahm eine Untertasse aus dem Schrank
und legte einige Rosinen und Nüsse darauf.
Nele strahlte und teilte mit Wuschel die
Leckereien.

Nachdem Mama den Kuchen zum Backen in den
Ofen geschoben hatte, breitete sie die
braunen Teigplatten auf dem Tisch aus und
Nele verrührte den gesiebten Puderzucker mit
heißem Wasser. Genau wie Mama es ihr gezeigt
hatte, tunkte sie den Pinsel nur halb in den
weißen cremeartigen Brei und bestrich
sorgfältig die Ränder. Es dauerte.
Das Aneinanderkleben der Teile war
schwierig, aber zusammen schafften sie es.
Das Dach übermalte Nele mehrmals dick mit
Zuckerguss. An einigen Stellen tropfte er
vom Dach und es entstanden „Eiszapfen".
Butterlinsen klebte sie als Dachpfannen auf,

Gummibärchen und Lackritz an die Mauern und zuletzt setzte sie dem Zaun weiße Spitzen aus Zuckerguss auf. Zwischendurch musste sie allerdings immer wieder die klebrige Masse von ihren Fingern lecken.

Nachdem das Knusperhäuschen fertig war, trug ihre Mama es auf dem Servierbrett ins Wohnzimmer. Nele stellte die Püppchen dazu und sang: „Hänsel und Gretel verirrten sich im..."

„Mama, warum gibt es Hexenhäuschen zu Weihnachten? Im Märchen ist doch Sommer!"

Mama lächelte ihre Tochter an.

„Vielleicht weil alle Kinder gern mit süßem Schnee malen."

Nele gab ihrer Mama einen Kuss, schnappte sich Wuschel und sang weiter von Hänsel, Gretel und der Hexe.

* * *

Sternenkalender

Marie betrachtete, die Hände in den Hosentaschen, ihren Sternenkalender mit der großen 24 auf dem roten Herz, neigte den Kopf zur Seite und pustete. Dadurch schaukelten die Silberlocken an den seitlichen Spitzen und leise bimmelte das Glöckchen an der unteren Spitze.

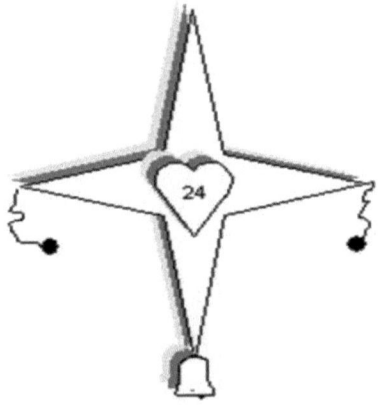

Heute Morgen war ein Schokoladenball hinter dem Türchen gewesen und nun leuchtete in dem offenen Fensterchen noch ein bunter Ball. Zu gern hätte sie gewusst, was das große Herztürchen verbarg. Vorsichtig tippte sie mit dem Zeigefinger darauf, konnte aber nichts fühlen, auch nicht beim darüber streichen. Als sie jetzt versuchte den Stern zu wenden, da sie hoffte auf der Rückseite das Bild zu sehen, bimmelte das Glöckchen wieder. Sofort ließ Marie den Stern los und schob die Hände wieder in die Hosentaschen.

Mama kam, setzte sich auf die Eckbank und nahm ihre Tochter auf den Schoß.
„Liebes, du musst doch nur noch zweimal schlafen bis zum Öffnen des Türchens mit der 24."

Marie streckte Daumen und Zeigefinger aus und atmete tief.

„Das ist noch soooo lange."

Die Backofenuhr schellte. Schnell rutschte Marie von Mamas Schoß, pustete die Locken am Sternenkalender an und nahm ihre Babypuppe aus dem Wagen.

„Sieh mal Isa, wie die Locken am Sternenkalender schaukeln und glitzern."

Doch Isa hatte den Kopf auf die Schulter ihrer Mama gelegt und die Augen zu gemacht.

„Kleines, du bist ja müde", sagte die Puppenmama, stapfte mit ihrem Baby die Treppe hoch ins Kinderzimmer und legte Isa ins Bettchen mit dem Sternenhimmel. Bis zur Nasenspitze deckte Marie ihr Baby zu und gab ihm noch einen Kuss auf die Wange. Danach drückte sie am Schlafmond den blauen Knopf und leise sang der Mond „Weißt du wieviel Sternlein stehen..."

Marie hörte einen Moment zu und setzte dann Teddy, Katerlein und Terrier nebeneinander auf die Couch. Terrier drängelte.

„Ach ja, du bist ja gern nah bei Teddy." Sie ließ ihn zu Teddys anderer Seite laufen und legte vor jeden eine Schokoladenkugel.

„Guten Appetit. Und nach dem Abendbrot gehen wir alle schlafen. Und morgen, noch vor dem Frühstück, machen wir zusammen ein Türchen im Sternenkalender auf."

Zustimmend brummte Teddy, maunzte Katerlein und wuffte Terrier.

Marie blies jedem noch ein Luftküsschen zu und verließ das Zimmer.

* * *

Freundschaft

Die Mädchen und Jungen des Waisenhauses Margarethe führten, ob Sommer oder Winter, jeden Samstag die Hunde des Städtischen Tierheimes aus. In der vergangenen Nacht hatte es gefroren. Die Kinder mummelten sich für den Spaziergang warm ein, denn Weihnachten wollte niemand krank sein.
Auf dem Weg zum Tierheim holten sie noch Malte ab. Bis seine Mutter abends zurückkommen würde, gehörte er dann zu ihnen. Die Erzieherin führte Malte; er behielt aber trotzdem seinen weißen Stock in der rechten Hand.

Aufgeregtes Gebell von kleinen und großen Hunden ließ die Kinder schnell laufen und als sie den Hof erreichten, jaulten einige

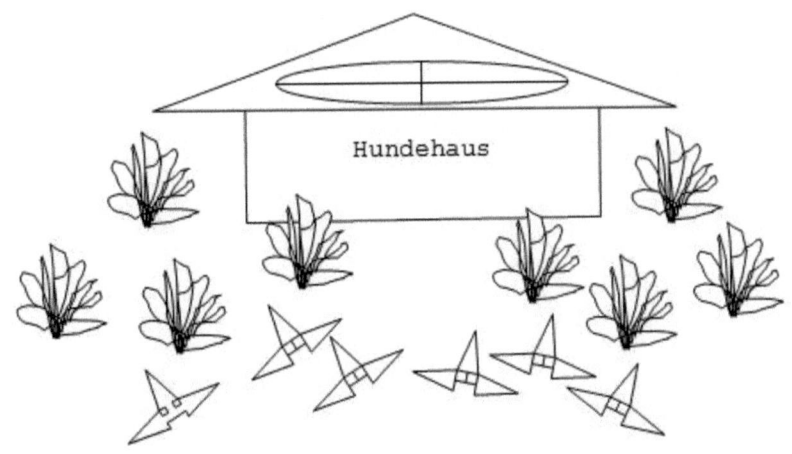

Tiere und andere sprangen gegen die verschlossenen Zwingertüren.
Kathrin rannte zur Box ihres Lieblings,

erschrak über die offene Tür und sah sich um.

„Wolli! Wooolliiii!?" Die Tierpflegerin kam.

„Er ist vorhin abgeholt worden."

Katrin lehnte sich gegen die Gitterstäbe. Dicke Tränen kullerten über ihre Wangen. Die Tierpflegerin nahm den Trinknapf aus dem Käfig.

„In seiner neuen Familie sind viele Kinder und er wird dort bestimmt sehr geliebt. - Möchtest du heute bei der Collyhündin mitgehen?"

Katrin schielte zu dem langhaarigen braunweißen Hund, schüttelte den Kopf und wischte energisch die Tränen ab. Sie stellte sich neben Malte, putzte wieder ihre Augen und sagte: „Hoffentlich gefällt es Wolli da."

Malte hängte sich bei ihr ein und erzählte von seiner Schule.

Die anderen Kinder spielten mit den Tieren auf der Wiese und zwischen den Sträuchern. Jagen, stehenbleiben, schnuppern und wieder losrennen, die Toberei genossen alle. Einige Mädchen und Jungen spielten - in Gedanken - mit dem eigenen Hund.

Wie immer verflog die Zeit nur allzu schnell. Zum Abschied knuddelten die Kinder ihre Lieblinge, flüsterten mit ihnen und kraulten sie noch mal durchs Gitter der Box. Diesmal fiel den Mädchen und Jungen die Trennung nicht ganz so schwer, denn sie wussten, dass sie heute auf dem Rückweg über den Weihnachtsmarkt gehen würden.

Lichterketten beleuchteten die Straßen und wiesen zusammen mit dem verheißungsvollen Duft von gebrannten Mandeln und heißen Waffeln den Weg zum Weihnachtsmarkt. An der ersten Bude drängelten die Kinder, wollten schnell alles sehen. Danach schlenderte sie zu zweit oder dritt weiter und begutachteten an den Ständen Aufziehspielzeug, Puppen, Stofftiere und drückten ihre Nasen platt am Schaufenster mit der elektrischen Eisenbahn.

Katrin blieb bei Malte. Sie las ihm die Sprüche auf den Lebkuchenherzen vor, leitete ihn zu den Märchenfiguren und zusammen hörten sie sich die Lieder zu den Märchen an. Danach führte sie ihn zu den Spielzeugautos, sagte ihm die Farbe und er ertastete die Feinheiten. Sie erzählte ihm von den Lichterketten, den bunten Kugeln und Sternen. Beim Streicheln der kleinen und großen Kuscheltiere schwieg Katrin, schniefte. Malte streichelte ihren Arm.

Es begann zu schneien. Erst tanzten winzige und dann immer dickere Flocken hernieder. Die Kinder fingen die glitzernden Sterne und ließen sie auf Händen oder Zunge schmelzen. Als sie ihr Zuhause erreichten, bedeckte der Schnee schon Wiesen, Sträucher und Bäume. Vor dem Eingang zum Haus flogen zwar ein paar Schneebälle, aber die Mädchen und Jungen wollten schnell hinein. Irgendwer hatte behauptet, dass heute schon die große Überraschung da wäre und nicht, wie sonst, erst am Heiligen Abend.

Im Vorraum halfen die Großen den Kleineren beim Ausziehen. Als sich die Verbindungstür zur Halle endlich öffnete, drängten alle hinein.
Wie seit Tagen stand dort die große Tanne. Heute brannten allerdings auch die Kerzen. Doch nirgendwo entdeckten sie ein riesiges Paket oder einen nur mit einem Tuch zugehängten Gegenstand. Katrin schnüffelte und Malte griff nach ihrer Hand.
„Mach dir keine Sorgen um Wolli. Sie sind bestimmt gut zu ihm", und nebeneinander betraten die beiden den Raum.

Plötzlich schaukelten die bunten Kugeln, der Tannenbaum schwankte, und ein großer braun-weißer Zottel robbte unter den Tannenzweigen hervor. Der Hund tapste schwanzwedelnd zu Malte und Katrin. Sie schrie: „Wolli!", plumpste auf die Knie und zog Malte zu sich herunter. Beide umschlangen Wollis Hals, vergruben die Gesichter in seinem weichen Fell, kraulten ihn und lachten und weinten gleichzeitig.
Auch all die anderen Kinder streichelten und knuddelten den jungen Bernhardiner.

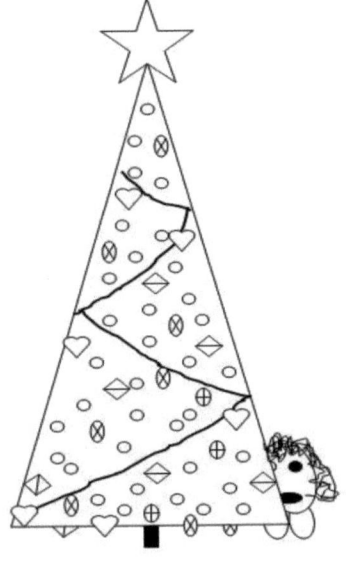

Und er? Er schien alle die Zärtlichkeiten seiner neuen Familie zu genießen.

* * *

Lichtergefunkel

Nikolaus stapfte über den Marktplatz, ließ den Sack von der Schulter rutschen und lehnte sich erschöpft an den Schlitten.

„Rudi, bin ich froh, dich zu sehen." Das Rentier schnoberte und seine rote Nase leuchtete heller.

Der Weihnachtsmann nahm die dicke Pelzmütze ab und rieb sich mit einem rotkarierten Taschentusch Stirn und Nacken trocken.

„Es tut mir leid, dass ich dich so lange warten ließ. Aber ich hatte mich verlaufen." Das Ren wendete den Kopf und sah ihn mit seinen großen samtigen Augen an.

„Rudi, an der Treppe zur Altstadt habe ich dich gebeten schon nach hier weiter zu fahren, da ich dort oben zu Fuß zu den Kindern gehen wollte."

Rudi hob und senkte den Kopf mit dem mächtigen Geweih.

„In den winkeligen Gassen ist es dann passiert." Nikolaus atmete tief. „Wie immer habe ich die Stiefel gefüllt und hinterher die Lichterfiguren an Fenstern, Haustüren und Sträuchern betrachtet. Da es in diesem Jahr aber so viele sind und ich so viel kucken musste, habe ich rechts und links verwechselt." Mit der hohlen Hand hielt der Weihnachtsmann Rudi ein Stückchen Würfelzucker hin.

„Ich fand die Treppe nicht, stand immer wieder vor dem Spielplatz. Beim letzten Mal setzte ich mich auf eine Bank, schloss die Augen und stellte mir die Gassen ohne Lichter vor." Rudi schnoberte. Nikolaus streichelte die weichen Nüstern und atmete tief.

„Weißt du, etwas Gutes hatte das Verlaufen aber doch. Als eine Haselnuss über die Straße kollerte, dann eine Schokoladenkugel und wieder eine Nuss, dachte ich, dass jemand einen Stiefel umgestoßen hätte. Doch zu sehen und zu hören war niemand." Nikolaus klopfte den Hals des Tieres.

„Ein paar Schritte weiter holperte dann eine Walnuss über das Kopfsteinpflaster. Ich blieb wieder stehen, horchte – nichts." Mit den Fingern kämmte er Rudis seidige Mähne.

„Und da fiel mir ein, dass der Sack im vergangenen Jahr ein Loch hatte. Ich untersuchte ihn und entdeckte, dass sich eine Naht des Flickens, den der kleine Engel Flitziputz einsetzte, geknackt ist." Er hielt Rudi den Sack hin, dessen eine Seite ein dicker Knoten zierte, lächelte und zupfte an dem etwas abstehenden roten Stoff.

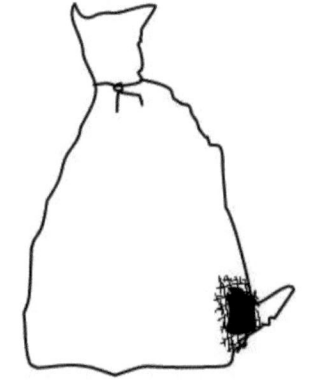

„Schau, der rote Zipfel sieht aus wie eine Zwergenmütze."

Er legte den Sack in den Schlitten, zog das „Goldene Buch" aus der Manteltasche und schob es in das Schubfach unterm Sitz.

„Rudi, es tut mir leid, dass du so lange warten musstest." Nikolaus gähnte.

„Ich bin so müde, bringst du mich bitte nach Hause." Das Ren nickte und seine rote Nase leuchtete auf.
Nikolaus kletterte auf den Schlitten, breitete die Pelzdecke über seine Beine, nahm die Zügel und schnalzte mit der Zunge.

Rudi trabte an und galoppierte eine Runde um den Marktplatz. In der Alleestraße flogen seine Hufe und schon bald sauste er silbern glitzernd über den nachtblauen Himmel und tauchte ein in das Sternengeflimmer der Milchstraße.

* * *

Unvorhergesehenes

Nach dem Verstauen der Pakete kletterten die kleinen Engel Max und Baldus vom Schlitten.
„Max, ich möchte mitfahren."
„Baldus, wir dürfen nicht."
„Ich will ja nur bis zum Himmelstor mit."
Plötzlich vermisste Max seinen Freund neben sich, sah sich suchend um und rief: „Baldus!" Keine Antwort. Max blickte zum Schlitten. Baldus hockte auf einer Kufe und legte den Zeigefinger über die Lippen.

Max sah zu, wie der Weihnachtsmann sich in den roten Mantel hüllte, die Pelzmütze aufsetzte, die Fellhandschuhe anzog und auf den Schlitten stieg. Als er die Zügel in die Hand nahm, leuchtete die rote Nase des Rentieres auf und es trabte los.
Max winkte dem Weihnachtsmann zu. Auch der hob grüßend die Hand, schnalzte mit der Zunge und fuhr durch das weit geöffnete Himmelstor in die nachtblaue Dunkelheit.

Baldus freute sich bei der gemächlichen Fahrt, doch bei dem schnelleren Tempo rutschten die Füße von den Kufen. Seine Finger umklammerten die Querstange. Dicke Tränen liefen ihm über die Wangen.

Erzengel Michael hatte die Freunde beobachtet. Er folgte dem Schlitten,

rettete den vor Angst zitternden Frechdachs und brachte ihn zurück. Neben Petrus stellte Michael den Abenteurer auf den Boden und der rannte, so schnell er konnte, zu seinem Freund. Michael sah Petrus an.
„Die Angst war Strafe genug."

Petrus brummte etwas in seinen Bart und schaute weiter in die von nur wenigen Sternen unterbrochene Dunkelheit.
„Machst du dir Sorgen?"
„Jedes Mal, wenn sie losfahren."
„Sie kennen beide den Weg."
„Ich weiß, aber ich habe so ein ungutes Gefühl."
Petrus schloss die Himmelspforte.

Im Festsaal wuselten Engel und Wichtel. Sie schmückten die große Tanne mit goldenen Kugeln für das morgige Fest.

Zwischendurch hielten sie Ausschau nach Rudi. Als jemand rief: „Da ist er!", stürzten alle ans Fenster. Sie schubsten sich gegenseitig weg, um selber besser sehen zu können.

Petrus war in seinem Ohrensessel eingenickt. Der Krach weckte ihn. Er stand auf sah über die aufgeregten Engel hinweg auch aus dem Fenster. Da hinter dem roten Licht der helle Laternenschein fehlte, rannte er zum Himmelstor und rief auf dem Weg dorthin nach dem Erzengel. Gemeinsam trafen sie ein und öffneten dem Rentier.

Rudi trank etwas Wasser aus dem Brunnentrog und berichtete dann von dem Meteorit, der vor eine Schlittenkufe knallte, sie zerbrach und der Weihnachtsmann beim Schlitten auf Hilfe wartet.

Michael holte seine Werkzeugtasche, hängte sie über die Schulter und klopfte Rudis Hals.

„Du kannst dich ausruhen." Das Rentier schüttelte den Kopf mit dem mächtigen Geweih.

„Wir sind auf dem Rückweg eine Abkürzung ..."

„Oh", machte Michael, schwang sich auf Rudis Rücken und sie galoppierten los.

Petrus schlenderte zum Festsaal und blieb an der Tür stehen. Die Engel schleppten für die Tafeln Gläser und Teller herbei. Baldus, schon wieder zu Streichen aufgelegt, balancierte die Besteckschublade auf dem Kopf. Irgendwer rempelte ihn. Prompt verlor er das Gleichgewicht. Alles polterte auf den Boden. Erschreckt kreischten die Helfer, sammelten dann, zählten „ihre" Teile und ermittelten den Einsammelsieger.

Immer öfter gähnten Engel und Wichtel. Petrus schlug ihnen vor, in diesem Jahr nicht auf die Rückkehr des Weihnachtsmannes zu warten. Nach und nach verschwanden alle in ihren Betten.
Baldus blieb jedoch. Er kauerte sich in eine Sofaecke und riss, sobald ihm die Augen zufielen, sie wieder auf. Irgendwann schlief er trotzdem.

Der Weihnachtsmann setzte sich aufs Sofa. Es ächzte. Baldus blinzelte, erkannte ihn und stammelte: „Tu-ut mir lei-eid!"
„Ist ok."
„Danke!", murmelte der kleine Engel, lehnte sich zurück und schloss die Augen.
Der Weihnachtsmann lächelte und trug ihn ins Bett, damit er die wenigen Stunden bis zum Fest noch gut schlafen konnte.

* * *

Gerettet

Luca, der kleinste Wichtel, durfte in diesem Jahr zum ersten Mal in der Weihnachtswerkstatt helfen. Jetzt saß er mit roten Apfelbäckchen vor einem in lila Glanzpapier eingewickelten Geschenk und tippte immer wieder vorsichtig an das Glöckchen, das an der Silberkordel baumelte.
„Nur noch einmal", wisperte er, stieß das Glöckchen an und horchte auf den hellen Klang.
Als Luca sein Päckchen den Wichteln am Schlitten übergab, strahlte er.
Der Weihnachtsmann sah es und strich dem Kleinen über den Wuschelkopf.
„Dein liebevoll geschmücktes Paket bereitet bestimmt viel Freude."

Erzengel Michael schlenderte heran.
„Ihr habt ja fast alles aufgeladen."
Der Weihnachtsmann nickte, reichte die restlichen Pakete hoch zum Verstauen und hob kurz darauf die Wichtel vom Schlitten. Er bedankte sich bei den fleißigen Helfern und sie hüpften oder rannten über den Vorplatz zur Weihnachtswerkstatt zurück zum Aufräumen, damit für ihr eigenes Fest alles ordentlich war.

„Rudi, es kann losgehen!", Der Weihnachtsmann kletterte auf den Schlitten, schlug den Mantelkragen hoch, schob die Hände in riesige mit Pelz gefütterte Handschuhe und fasste nach den Zügeln.

Das Ren hatte die Vorbereitungen beobachtet und beim Warten auf die Abfahrt vor Aufregung kaum stillstehen können. Jetzt hob es den Kopf mit dem mächtigen Geweih, trabte an und bereits bei der Fahrt durchs Himmelstor galoppierte es. Wie immer winkte der Erzengel ihnen nach und blieb stehen, bis sie nicht mehr zu erkennen waren.

Das Verteilen der Geschenke klappte prima. In Marlenenburg hielt Rudi auch auf dem Marktplatz. Weihnachtsmann griff nach dem letzten Päckchen. Doch das Namensschild fehlte. Er knipste seine Taschenlampe an und schaute in jede Ecke und jede Ritze der Ladefläche. Nichts.
„Das Päckchen ist bestimmt für Timmy Müller."

Im Mantel des Weihnachtsmannes jubelte es: ‚Fröhliche Weihnacht überall, ...'
„Hach mein Handy!" Er nahm es aus der Tasche und starrte auf die Tasten.
„Welche ist nur die Richtige?!"
‚... tönet durch die Lüfte ...'
sang der Engelchor weiter.
Vorsichtig tippte er auf die Taste mit dem grünen Hörer und hielt das Handy ans Ohr.
„Hier Erzengel Michael. Im Eingang der Wichtelwerkstatt lag ein Adressanhänger. Er ist ziemlich schmutzig und die Schrift schwer zu lesen. Aber es heißt wohl ..."

Der Weihnachtsmann ließ ihn gar nicht ausreden, sondern rief: „Timmy Müller, Kirchstraße 17!"
„Wie kommst du darauf?"
„Weil nur noch ein Päckchen da ist und wir dort noch nicht gewesen sind."
Ein zufriedenes Lachen rollte durch den Hörer.

„Ihr seid ja sozusagen auf dem Rückweg! Soll ich deine Pantoffeln an den Ofen stellen lassen zum Wärmen."
„Oh ja, gerne. Danke."
„Dann bis gleich."
Der Weihnachtsmann steckte sein Handy wieder in die Tasche, lenkte den Schlitten zum Haus von Familie Müller und brachte Timmy das Paket. Beim Klang des daran baumelnden Silberglöckchens dachte er an den kleinen Wichtel Luca und schmunzelte.

Bevor der Weihnachtsmann wieder in den Schlitten stieg, klopfte er Rudis Hals und sagte: „Jetzt geht's nach Hause."
Müde aber glücklich, dass alles geschafft war, lehnte er sich dann in seinem Schlitten zurück und das Ren galoppierte über die glitzernde Sternenstraße zurück zum Himmel.

* * *

Warten auf die Bescherung

Seit dem 1. Dezember suchten Jana und Timmy jeden Morgen das richtige Türchen an ihrem Weihnachtskalender, öffneten es und verglichen die Schokoladenfiguren. Am zweiten Advent backte Mama zusammen mit ihnen Spekulatius, Spritzgebäck und Lebkuchen. Abends zündeten sie zwei dicke rote Kerzen am Adventskranz an und Jana und Timmy durften ab und zu vorsichtig eine Tannennadel in die Flammen fallen lassen. Die wurden dann für einen Moment fast doppelt so groß und knisterten geheimnisvoll. Derweil brutzelten im Backofen Omas Bratäpfel und Papa las Geschichten vor. Von da an duftete es nach Weihnachten.

Heute Morgen durften Jana und Timmy endlich am Adventskalender die großen Türen mit der 24 öffnen. Nachmittags bat Mama ihre Lieblinge im Kinderzimmer zu bleiben. Sie versprachen es. Sobald sie aber Papier rascheln oder Schritte in der Diele hörten, fiel es ihnen sehr schwer. Gern hätten sie dann ganz leise die Türklinke herunter gedrückt, die Tür einen Spalt auf gezogen und geäugelt.

Jana warf die Karten auf den Tisch.
„Warum tust du das?", fragte Timmy.
„Es ist langweilig", antwortete Jana.
Timmy schnaufte, stütze die Ellbogen auf den Tisch, legte das Kinn in die Hände und starrte die Uhr an. Die Uhr tickte, aber die

Zeiger rückten heute gar nicht weiter. Plötzlich sprang er auf und rief: „Ich weiß, was wir machen. Wir spielen Ostereier verstecken."

„Heute?! Am Heiligen Abend!?", fragte Jana und vergaß den Mund zu schließen.

Timmy nickte, riss die Schublade mit dem Geschenkpapier auf, zog den Kasten mit dem Osterschmuck darunter hervor und klappte langsam den Deckel hoch.

„Dürfen wir das denn auch?", fragte Jana.

Der Junge nickte wieder und hob den Osterhasen mit der Kiepe aus der Kiste.

Jana kraulte die Küken.

„Ihr seid ja ganz zerdrückt", sagte sie, blies mehrmals in das flaumige Fell und strich es glatt.

Danach ließ sie die gelben Wollknäuel mit den roten Beinchen über den Tisch spazieren und mit den winzigen Schnäbeln an ihrem Apfel picken.

„Jana, ich verstecke die Ostereier und du suchst zuerst! Halt' dir die Augen zu!", kommandierte Timmy.

Jana kniff die Augen zu, wiegte die Küken und erzählte ihnen, dass heute der Heilige Abend ist und das Christkind kommt.

* * *

Glück gehabt

Sorgfältig verstauten die Wichtel die letzten Pakete im Schlitten, während der Weihnachtsmann das Rentier anspannte.

„Mein Starker, es ist Heiligabend. Wir fahren zu Erde."

Rudi schnoberte und ließ seine rote Nase aufleuchten. Der Weihnachtsmann klopfte noch mal den Hals des Rens, drehte sich um, rutschte aus und fiel hin. Es knackte im Arm. Der Weihnachtsmann wurde blass. Nicht wegen der Schmerzen, die konnte er so gerade noch aushalten. Er dachte an die Kinder, ihre enttäuschten Gesichter und die Tränen, denn mit dem gebrochenen Arm konnte er den Schlitten nicht lenken.

Die Wichtel standen stumm und ratlos. Plötzlich stieß der vernünftige Benno ein: „Ja!", aus und fügte leiser hinzu, „so geht's." Er trippelte zu dem Kranken und zupfte an dessen Gürtel.

„Die Wichtel übernehmen die Auslieferung."

„Benno, das ist sehr lieb von dir, aber sei mir nicht böse. Du kannst nicht 'mal über Rudis mächtiges Geweih sehen."

„Das stimmt. - Wir fahren mit den Raketenautos."

„Waaas!?"

Weihnachtsmann fasste an seinen brummenden Kopf. Was sollte er nur tun. Sein Blick schweifte zum Mond und zu den Sternen. Es wurde wirklich Zeit. Er nickte.

Die Wichtel fuhren ein blaues, ein rotes, ein grünes, ein gelbes und ein schwarzes Auto neben den großen weißen Schlitten, luden die Pakete um und stiegen danach zu zweit in ein Auto.

Benno hob den kleinen Wuschi in sein Auto, sah den Kranken an und sagte leise: „Er wird keine große Hilfe sein. Aber ich brauche ja nur wenige Pakete auszuliefern, muss bloß den weiten Weg zum Nordpol fahren."

Mit einem Hupkonzert verabschiedeten sich die Zwerge, rollten durch das Himmelstor, schalteten danach den Raketenantrieb zu und schossen davon.

„Hoffentlich kommen alle

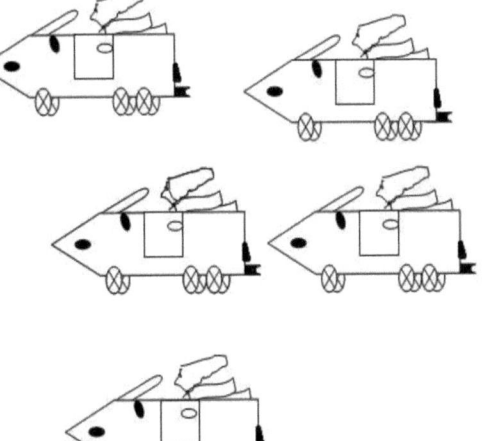

gesund wieder." Rudis große dunkle Augen schimmerten feucht. Beruhigend klopfte ihm Weihnachtsmann den Hals und führte ihn in den Stall. Danach stapfte er zur Krankenstation und ließ seinen Arm untersuchen. Er musste eingegipst werden. Erzengel Michael begleitete ihn ins Haus. Erschöpft setzte Weihnachtsmann sich dort in seinen Ohrensessel, lehnte den Kopf an und schlief ein. Doch bald schon schreckte er hoch.

„Meine Helfer sind bei ihrer Rückkehr hungrig. Ich bestelle ihnen ihre Lieblingsgerichte."

Die Wichtel freuten sich, dass sie die schnellen Autos benutzen durften und brausten, ungehindert von Gegenverkehr, durch die samtene Dunkelheit des Himmels.
In den Städten gab es jedoch erhebliche Schwierigkeiten. Sobald der Fahrer bremste, sprang der Helfer aus dem Auto und rannte zum Kofferraum. Oft konnten sie jedoch nicht vor dem Haus parken und mussten die Pakete ein Stück tragen. In den Häusern waren dann noch viele Treppen zu steigen oder Balkone zu erklettern, was sehr anstrengte.

Am Nordpol schwitzten Benno und Wuschi trotz der herrschenden Kälte auch, denn das Laufen auf Eis war schwierig. Sie rutschten bei jedem Schritt. Einige Male landete Wuschi sogar unsanft auf seinem Po. Zum Glück kam er jedes Mal mit dem Schrecken davon.
Endlich hatten auch sie alle Paket ausgeliefert und kehrten um. Aber wo waren der Mond und die Sterne? Graue Wolken bedeckten den Himmel. Die Autoscheinwerfer erhellten kaum den Weg.

Ein Blitz durchzuckte die Dunkelheit und Hagelkörner prasselten aufs Auto. Benno hätte vor Schreck fast das Steuerrad los gelassen. Doch er hatte kurz das Himmelstor gesehen und lenkte das Auto dorthin. Petrus öffnete ihnen selbst, rief: „Sie sind da!" und fragte: „Geht es euch gut?"

Benno nickte.

„Ihr seid die letzten. Wo ist Wuschi?"

„Hier!", tönte es aus der Felldecke.

Mit dem gesunden Arm hob Weihnachtsmann ihn aus dem Auto, trug ihn ins Haus, bedankte sich bei allen Zwergen für die Hilfe und lud sie zum Essen ein.

Die Lieblingsspeisen dufteten appetitlich, doch die kleinen Helfer wollten nur noch schlafen.

Weihnachtsmann verstand sie, schmunzelte und sagte: „Aber bevor ihr in euren Betten verschwindet, schaut doch eben zur Erde."

Die Wichtel taten ihm den Gefallen.

Und als sie durch die Wolkenfenster schauten, die glücklichen Kinder sahen, strahlten auch sie und alle Anstrengung war vergessen.

* * *

Heiligabend in der Großfamilie

Opas vier verheiratete Kinder und deren Nachwuchs wohnten in einem Haus. Großfamilie!

Da mein Großvater in unserm Haushalt lebte, war es selbstverständlich, dass alle seine Kinder und Enkelkinder zu uns kamen, um an dem Festtag bei ihm zu sein.

Die Zeit bis zur Bescherung verbrachten wir Kinder in Opas Zimmer. Opa spielte, wie an vielen anderen Tagen, mit uns. Doch wir fanden alle Spiele langweilig, waren viel zu viel abgelenkt mit horchen. Denn sobald das Christkind in einer Wohnung fertig war, läutete es das Weihnachtsglöckchen. Wir wussten genau, in welcher Wohnung es geklingelt hatte und die so gerufenen Kinder verschwanden aus Opas Zimmer. Zuletzt saßen nur immer noch Opa und ich zusammen. Dann erzählte er mir die Weihnachtsgeschichte. Opa konnte prima erzählen und ich hörte ihm auch sonst gern zu.

Endlich, es kam mir vor wie eine Ewigkeit, klingelte auch unser Weihnachtsglöckchen und bei dem Lied „Stille Nacht, Heilige Nacht" öffnete sich die Tür zum Wohnzimmer und der Lichterbaum strahlte mir entgegen. Zu den Geschenken durfte ich jedoch erst, nachdem alle drei Strophen des Liedes gesungen waren. Ich sang nicht besonders andächtig.

Es gab damals nicht so viel auszupacken, aber die Aufregung war bestimmt genauso groß wie heute.

Nach dem Festessen warteten meine Eltern, Opa und ich auf die anderen Familienmitglieder. Sie trafen auch bald ein, denn sie wollten auch bei ihrem Vater bzw. Großvater sein. Die Erwachsenen brachten Stühle mit, da sie ja wussten, dass unsere für alle nicht reichten.

Die Kinder hatten ihre Geschenke dabei und führten stolz ihre neuen Schätze vor. Zuerst war auch alles friedlich, aber Kinder tauschen gern, wollen manchmal das „fremde" Spielzeug unbedingt haben. Trotz des weihnachtlichen guten Willens wurde die Stimmung dadurch gereizt.

Opa kannte uns gut, rief meistens mich zu sich, legte den Arm um meine Schulter und fing an zu singen. Ich drückte dann meine Puppe in ihrem neuen Kleid fest an mich und half ihm. Die anderen Kinder kamen nach und nach zu uns und sangen mit. Bald spielte Onkel Heini auf seiner Mundharmonika und Vetter Willi begleitete ihn auf einem Kamm mit Silberpapier. Zuerst hörten die Erwachsenen zu, doch dann sangen sie auch.

Mein Vater dirigierte. Er wünschte, dass sich Alt und Sopran auf die rechte Seite und Bass und Tenor auf die linke Seite setzten. Bereitwillig tauschten alle die Plätze.

Wie in jedem Jahr begann auch diesmal das „Chorkonzert" mit „Oh Tannenbaum". Danach kam vom Himmel hoch der Engel geschwebt und noch etwas später rieselte leise der Schnee in unserem Wohnzimmer. Es ging uns gut. Auch

Tante Meta, obwohl sie nicht mit sang, sondern immer nur redete, gegen unseren Gesang anredete. Eigenartigerweise hörte ihr trotz des Singens immer jemand zu, lächelte sie an oder nickte zustimmend. Hätte sie niemand beachtet, wäre sie bestimmt gegangen und die beiden Cousinen und der Onkel mit ihr und das wollten alle nicht. Also nahmen wir die immer laut und gegen unser Singen anredende Tante in Kauf und ich hoffte jedes Mal, dass sie Halsschmerzen von ihrem Geschrei bekäme.

War unser Repertoire an Weihnachtsliedern erschöpft, sangen wir Wanderlieder. Feierlich war es jetzt nicht mehr, aber gemütlich.

Tannennadeln, die ab und zu in die Kerzenflammen geworfen wurden, sorgten für Knistern, Flackern und den kräftigen würzigen Duft.

Die Krippenfiguren schienen sich auch nach wie vor unter unserem Tannenbaum wohl zu fühlen.

Als die große Standuhr die halbe Stunde vor Mitternacht anzeigte, leerte sich unser Weihnachtszimmer im Nu. Kurze Zeit später trafen wir uns alle, eingemummelt gegen die Kälte, draußen vor der Haustür und gingen zusammen zur Christmette.

* * *

Konrads Familie

Wie nach jedem Samstagsfrühstück räumten Vater und Sohn auf.

„Konrad, ich werde wieder heiraten." Der Junge starrte seinen Vater an, schrie: „Du liebst Mama nicht mehr!", und rannte aus der Küche.

Einige Zeit später stieg Josef Bongard die Treppe hinauf. Die sonst offen stehende Tür des Kinderzimmers war zu. Er klopfte, wartete, klopfte noch mal, drückte langsam die Klinke herunter und schob die Tür auf. Konrad lag, mit geschlossenen Augen und zusammengerollt wie ein Igel, das Bild seiner toten Mutter im Arm, auf dem Bett. Leise zog der Vater die Tür zu. Sein Sohn hatte jedoch nur so getan als schliefe er, küsste das Bild und flüsterte: „Ich will keine neue Mama."

Josef Bongard nahm eine Woche Urlaub. Die „Männer" besuchten ein Fußballspiel, gingen ins Kino und ins Hallenbad oder faulenzten. Samstags, auf der Rückfahrt vom Einkaufszentrum, sagte Josef Bongard: „Maria Weber kommt heute, damit ihr euch kennen lernt."

Konrad blickte seinen Vater böse an.

„Ich will keine neue Mutter!"

Zu Hause parkte ein gelber Mini auf der Einfahrt. Bongard hielt daneben. Eine blonde Frau öffnete die Tür des Kleinwagens und Konrad dachte: „Das ist sie also", stieg aus, rief: „Guten Tag!", lief ins Haus und blieb in seinem Zimmer. - Anfang April war die Trauung.

Konrad saß, wenn er zu Hause war, meistens vor seinem Computer und nur noch selten mit im Wohnzimmer. Als er seinen Vater in Reiseprospekten blätterte sah, verkündete er: „Ich will mit einer Jugendgruppe nach Dänemark", marschierte aus dem Zimmer, holte die ausgefüllte Anmeldung und legte sie auf den Tisch.
„Was soll das?"
„Ihr könnt ohne mich fahren." Er sah die Tränen in den Augen der „Neuen" und dachte: „Soll sie doch heulen. Warum drängt sie sich zwischen uns."

Im Zeltlager gefiel es Konrad. Mit Sport, wandern und Spielen vergingen die Ferientage.
Maria Bongard holte ihn vom Bus ab.
„Hallo Konrad."
„Hallo!"
„Dein Vater hat einen wichtigen Termin. - Wie war das Campleben?"
„Gut. - Und euer Urlaub?"
„Wir haben dich vermisst."
Konrad kickte einen Kieselstein in Richtung des gelben Minis, den er bei sich immer Postauto nannte, und fragte: „Passt du noch hinter das Steuerrad?"
Maria schluckte.
„Ich bekomme ein Baby. Dein Vater wollte es dir selbst sagen, aber..." Ein mit Blaulicht und Sirene fahrender Krankenwagen verschluckte ihre Erklärung.

Nach wie vor ging der Kurze Maria aus dem Weg und sie bemühte sich, ihre Enttäuschung darüber vor ihrem Mann zu verbergen.

In der letzten Ferienwoche kam ein Brief vom Schloss-Internat Augustinum in Dornsted. Josef Bongard wendete ihn hin und her.
„Was soll'n wir damit?"
„Ich habe geschrieben. Ich will da hin."
Ungläubig sah er den Jungen an. Der ergriff den Umschlag und verschwand. Später zeigte

er die Unterlagen und da er unbedingt ins Internat wollte, fuhren alle drei nach Dornsted. Dort ließen sie sich Klassen-, Aufenthalts- und Schlafräume sowie die Sportanlagen zeigen und spazierten durch den Park. Dr. Schumann, Direktor des Augustinums, begleitete sie und fühlte die Sorge.

„Herr Dr. Reese wird Klassenlehrer der neuen Sexta. Er ist bei den Schülern sehr beliebt."

Schweren Herzens meldete Josef Bongard seinen Sohn an und zu Beginn des Schuljahrs brachte er ihn allein weg.

In den Herbstferien hatte Konrad Scharlach und durfte wegen der Ansteckungsgefahr nicht nach Hause. Jetzt vermisste er seinen Vater noch mehr als sonst.

Ab Oktober übten Schulband und Chor für die Weihnachtsfeier. Auch die Rollen für das Krippenspiel wurden verteilt und mehrere Stunden in der Woche probte die Theatergruppe ebenfalls.

Am 1. Dezember stellte der Hausmeister einen großen Adventskalender in die Eingangshalle. Mit jeder geöffneten Tür rückten aber nicht nur die sehnlichst erwarteten Ferien näher, sondern stieg auch die Aufregung wegen der bevorstehenden Abschlussfeier.

Und dann war der große Tag da. Die festlich geschmückte Aula schwirrte von den Stimmen der Besucher. Ein Tusch sorgte für Ruhe.

Wie in jedem Jahr hielt der Direktor die Ansprache, zeigten Chor und Band ihr Können und danach rollte der Vorhang für das Krippenspiel auseinander.
Als Konrad, im Gewand des Königs Balthasar mit Krone und Geschenk für das Jesuskind, die Bühne betrat, sah er, dass die für seine Eltern reservierten Plätze frei waren, kämpfte mit den Tränen und hätte fast seinen Einsatz verpasst.

Direktor Dr. Schumann bat Konrad zu sich.
„Dein Vater hat angerufen. Deine Mutter musste in die Klinik."
„Sie ist nicht meine Mutter!", zischte der Junge.
„Dein Vater holt dich morgen allein ab."
„Allein?" Dr. Schumann nickte.

In seinem Zimmer schob Konrad die Lieblings-CD ein, schnappte den Tiger, den ihm seine Mama damals in die Schultüte gesteckt hatte und führte einen Indianertanz auf.
Am anderen Morgen flitzte er mit seinen Sachen zwischen Koffer und Schrank hin und her und sang: „Nur Vaaa-ter und iiich! Nur Vaaa-ter und iiich!", überhörte das Klopfen an der Zimmertür und stieß beim Umdrehen vor seinen Vater. Der drückte ihn ganz fest an sich und streichelte immer wieder den roten Wuschelkopf. Der Gong rief zum Essen.
„Hast du Hunger?"
„Nein!"
Josef Bongard packte den Koffer fertig, schloss ihn und sagte Bescheid, dass sie sofort abfahren wollten.

Erzählen und Singen verkürzten die Fahrt. Beim Verlassen der Autobahn sagte Bongard: „Ich möchte kurz zu Maria in die Klinik." Der Junge presste die Lippen aufeinander und schaute aus dem Seitenfenster.

Vater und Sohn durchquerten die Eingangshalle des Krankenhauses, in der am Adventskranz alle Kerzen brannten, und schritten an den mit Sternen geschmückten Türen entlang zu Marias Zimmer. Eine Schwester verließ es gerade. Sie lächelte den Kurzen an.
„Aber vorm Anfassen Hände waschen!"
Bongard schob seinen Sohn in den Raum. Der Junge sah ein großes und ein kleines Bett und viele Blumen.
„Hallo Konrad."
„Hallo", erwiderte der den Gruß und fügte leise: „Maria" an.
Strahlend hob die junge Mutter das Menschlein aus dem Bettchen.
„Das ist Christa, deine kleine Schwester. Möchtest du sie mal halten?" Der Junge atmete tief, nickte bedächtig, wusch sich die Hände und hielt danach unbeholfen das zerbrechlich aussehende Baby. Der Vater nahm seine Tochter auch auf den Arm, legte sie aber bald zurück ins Bettchen und verabschiedete sich mit einem Kuss von seiner Frau.

Weihnachtliche Musik lockte die beiden „Männer" zum Marktplatz. Sie erstanden gebrannte Mandeln und bummelten knabbernd durch die beleuchteten Budengassen. Für Maria kauften sie ein Marzipanbrot, für das Baby eine bunte Rassel und zuletzt besorgten sie die Tanne. Am anderen Morgen schmückten sie nach dem Frühstück den Weihnachtsbaum und holten Maria und das Baby ab. - Die Familie feierte ein ruhiges Fest.

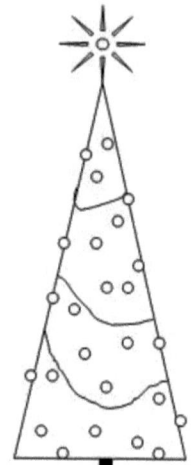

Gegen Ende der Ferien stocherte Konrad meist nur in seinem Essen herum. Besorgt fragte Maria: „Konrad, was ist mit dir?" Er gab keine Antwort.
„Hast du Bauchschmerzen?"
Er schüttelte den Kopf und lief aus der Küche. Maria seufzte. Später hörte sein Vater ihn weinen, ging ins Kinderzimmer und setzte sich zu ihm aufs Bett.
„Kleiner, was bedrückt dich?" Keine Antwort.
„Kleiner, wenn du mir nichts sagst, kann ich dir nicht helfen."
Der Junge starrte an die Decke und dachte: „Wie kann ich jetzt sagen, dass ich hier bleiben will, wo ich so unbedingt weg wollte?"
„Ich werde im Internat anrufen, dass du später kommst."
„Ich bin nicht krank." Josef Bongard schob ihm eine paar nasse Haare aus der Stirn.
„Möchtest du lieber ganz hier bleiben? - Soll ich dich abmelden?" Eine Träne fand den Weg in Konrads Ohr.

„Es geht nicht mitten im Schuljahr." Bongard lächelte, tupfte mit einem Taschentuch die anderen Tränen weg und gab seinem Sohn einen Kuss auf die Nasenspitze.
„Mach' dir deswegen keine Sorgen. Das regle ich schon."

Abends spazierte Konrad wie immer mit seiner kleinen Schwester auf dem Arm durch die Küche. Während er beim Warten auf das Bäuerchen sonst summte, erzählte er Christa heute, dass er nicht zurück ins Internat gehe sondern bei ihr bleiben würde.
Und über die Köpfe ihrer Kinder hinweg lächelten sich die Eltern glücklich zu.

* * *

Der erste Weihnachtstag

Helma Gerber wäre gern länger im Bett geblieben, aber die Schwiegereltern erwarteten die Familie zum Mittagessen. Ihr grauste vor dem Treffen, denn dort ging alles immer so steif zu.
Auf dem Weg ins Bad hörte sie, dass Jana mit der neuen Babypuppe redete und Timmy mit Lego-Steinen baute.

Vom Kaffeeduft angezogen, kam ihr Mann mit zerzausten Haaren und gähnend in die Küche geschlendert. Mit ihm erschien seine Tochter.
„Guck mal Oma, wie gut Isabellchen der neue Strampler steht." Jana ließ das Baby Kakao trinken, es Bäuerchen machen und verschwand.
Timmy galoppierte mit einem Drachen herein und das fauchende Ungeheuer jagte die Eltern ins Wohnzimmer. Der Junge zeigte ihnen die aufgebaute Wikingerfestung und tauchte wieder ein in die Lego-Welt.
Helma atmete tief, sah Johannes an und sagte leise: „Schon bald werden sie aufhören müssen zu spielen, damit wir nicht zu spät zu deinen Eltern kommen, denn Opa will ja auch heute um 12.00 Uhr essen."

Für den Besuch bei den Großeltern packte Jana Isabellchen ein und Timmy den Drachen. Helma sah ihnen zu und sagte leise zu ihrem Mann: „Hoffentlich gefallen ihnen die Geschenke von Oma und Opa, damit es nicht wieder Ärger gibt wie im vorigen Jahr, als

sie kaum mit den dort bekommenen Sachen
spielten."

Die Großeltern lächelten bei der
Begrüßung ihrer Enkelkinder und
kaum hingen Mäntel und Jacken an
der Garderobe, läutete schon das
Weihnachtsglöckchen.
Ein Paket nach dem anderen wurde geöffnet,
jedes Geschenk begutachtet und sich bedankt.
Danach bat Oma sofort zu Tisch, damit der
geplante Tagesablauf eingehalten werden
konnte.

Sie hatte das Lieblingsgericht der Kinder
gekocht. Wegen der vielen Nascherei von den
Weihnachtstellern aßen die beiden jedoch
wenig, blieben aber sitzen bis Oma fragte:
„Habt ihr keinen Spaß an euren Sachen."
Sofort rutschten sie von ihren Stühlen,
küssten Helma im Vorbeigehen und
verschwanden.

 „Ja, ja, Mutter muss man sein",
murmelte Oma.
Johannes stand auf, drückte seine
Mutter, setzte sich in den Sessel
neben dem Tannenbaum und reiste
in dem neuen Bildband durch
Schottland.

Jana spielte mit ihrem neuen Kochcenter und
Timmy mit Flugzeug und Flughafen. Beide
hatten das neue Würfelspiel vergessen.
Aber Oma wollte es mit ihnen ausprobieren.
Also rief sie die Kinder zu sich. Sie kamen

zögernd und sahen zwischen Würfeln und Setzen immer wieder zu den anderen Spielsachen. Als Oma beim Rasseln der Backofenuhr dann verkündete: „Der Kuchen ist fertig!", sprangen sie auf und liefen zu ihren Geschenken, wollten weder essen noch trinken.

Am späten Nachmittag packten die Kurzen mit Hilfe der Eltern die Spielsachen in die Kartons, Süßigkeiten in eine große Tasche und verstauten alles im Auto. Nach einigen Umarmungen stiegen Klein und Groß ein und der Vater fuhr los. Helma atmete tief und sagte: „Weihnachten sind sie immer besonders förmlich." Ihr Mann nickte.
Jana und Timmy lehnten sich in ihren Sitzen zurück. Sie zählten beleuchtete Tannenbäume, in den Fenstern Sterne und Elche und sangen später Weihnachtslieder.

Zuhause zogen sich die Kinder sofort ihre Schlafanzüge an. Doch schlafen wollten sie noch nicht, sondern so noch ganz lange spielen. Aber bald erklärte Jana ihrem Kind, dass jetzt Bettzeit sei, sammelte Sofakissen ein und baute daraus vor der Heizung ein Bett. Sie legte sich, Isabellchen im Arm, darauf und schlief ein. Papa trug beide ins Bett.
Kurz danach kletterte Timmy auf den Schoß seines Vaters. Der streichelte die roten Schlafbäckchen seines Sohnes und fragte: „Möchtest du auch ins Bett getragen werden?"

Timmy nickte, legte ihm die Arme um den Hals und blies seiner Mutter noch einen Gute-Nacht-Kuss zu.

Erleichtert, dass der Tag so friedlich verlaufen war, kuschelte Helma sich in die Couchecke.
Als Johannes zurückkam, brachte er zwei Gläser und eine Flasche Rotwein mit.

* * *

Weihnachten

Fest der Freude

Fest des Friedens

Fest der Familien

Tauschen von Geschenken

Konversation

Absitzen von Zeit

Erlösung für alle

* * *

Es schneit

mal kleinere, mal größere Flocken.

An den dünnen, blattlosen Zweigen der Bäume
bleiben sie hängen, legen sich in weißen
Streifen auf die schwarzen Äste,
umschließen sie,
verschmelzen Felder und Wiesen zu einer
Einheit.

Grauer Himmel verspricht noch mehr Schnee,
der auch liegen bleiben wird,
denn es ist seit Tagen kalt und der Boden
gefroren.

Die warme Luft im Zimmer umschmeichelt meine
Nase und ich lächle, strahle vor Behagen;
komme mir vor wie auf einer Insel,
nicht einsam - sondern verwahrt, behütet und
beschützt.

* * *

Inhaltsangabe:

Die Autorin:

© Wilma Frohne ist 1931 in Bochum geboren. Nach der Geburt ihres ersten Kindes gab sie ihren Beruf als Industriekauffrau auf und widmete sich der Familie. Heute lebt sie in Schwerte. Sie schreibt Gedichte und Erzählungen für Kinder und Erwachsene, veröffentlicht in Anthologien und Zeitschriften, gehört zur Redaktion der Schwerter Seniorenzeitung AS und ist Mitglied im Autorenkreis Ruhr-Mark e.V., Hagen.